LES JUIFS,

COMEDIE

EN UN ACTE,

PAR

LESSING,

TRADUITE DE L'ALLEMAND,

PAR J. H. E.

M. DCC. LXXXI.

Avec approbation.

ACTEURS.

LE BARON.

LA FREULE, * fille du Baron.

UN VOYAGEUR inconnu.

CHRÉTIEN, valet du Voyageur.

LISETTE, femme de chambre.

MICHEL, Bailli du Baron.

MARTIN, Intendant du Baron.

La Scène est dans le Château du Baron.

* Ce nom répond à celui de *Demoiselle*, qui est le nom générique des femmes de qualité en France.

LES JUIFS,

COMÉDIE

EN UN ACTE.

SCÈNE PREMIÈRE.

MARTIN, MICHEL.

MARTIN.

Te voilà donc, ma bête de Michel ?

MICHEL.

Et te voici, mon imbécille de Martin ?

MARTIN.

Il faut convenir que nous fûmes hier tous deux de grands sots ; il falloit tuer : un homme de plus ou de moins n'est pas une si grande affaire.

MICHEL.

Mais, dis-moi, pouvions-nous prendre mieux nos mesures ? nous étions masqués jusqu'aux dents, le cocher étoit d'intelligence avec nous ; est-ce notre faute si la fortune a traversé notre entreprise ? je l'ai dit plus de cent fois : sans le maudit bonheur, on n'est pas même un bon scélérat.

MARTIN.

Mais en y penſant ſérieuſement, cela nous éloigne tout au plus pour quelques jours de la corde.

MICHEL.

Que parles-tu de corde? ſi tous les voleurs étoient pendus, les juſtices ſeroient plus près les unes des autres qu'elles ne le ſont. A peine en voit-on une de deux lieues en deux lieues, encore ſont-elles dégarnies & propres ſeulement à la repréſentation. Je penſe que meſſieurs les juges auront bientôt la politeſſe de laiſſer tomber ce vilain uſage en déſuétude; auſſi-bien, à quoi ſervent ces épouvantails? Tout au plus à faire fermer les yeux à quelques-uns de nous, quand ils paſſent devant des gibets.

MARTIN.

Moi, je n'en cligne pas l'œil ſeulement; mon père, mon grand-père, toute ma famille a été branchée; je ſuis leurs erremens, & je m'attends au même ſort; il ne faut jamais rougir de l'état de ſes pères.

MICHEL.

Mais, toi qui parles, nos illuſtres te renieront; tu n'as encore rien fait de mémorable & qui ſoit digne d'eux.

MARTIN.

Penſes-tu que notre maître en ſoit quitte pour cela? Et cet impertinent voyageur étranger qui m'a ravi une ſi belle proie, il me le payera auſſi, morbleu. Il nous laiſſera quelque choſe du ſien, ou . . . . Mais le voici, retire-toi, je veux faire un coup de maître.

MICHEL.

Je te laisse, mais . . . . mi-part, mi-part.

SCÈNE II.

MARTIN, LE VOYAGEUR.

MARTIN.

(*à part.*) (*haut.*)
Je veux faire l'imbécille. . . . Monsieur . . . . votre serviteur, . . . je m'appelle Martin, & je suis le receveur de ce château, en vérité.

LE VOYAGEUR

Je vous crois, monsieur; hé bien, puisque vous êtes de la maison, ne pourriez-vous pas me dire où est mon domestique ?

MARTIN.

Non, pour vous servir. Ah ! monsieur, de votre illustre personne on m'a dit mille biens, & je suis si charmé de l'honneur . . . . d'avoir l'honneur de votre connoissance . . . . On dit que, pas plus tard qu'hier au soir, vous avez tiré notre maître d'un grand péril ; aussi ne connoissant rien au-dessus de ce bonheur, je m'en réjouis : & . . . .

LE VOYAGEUR.

Je devine ce que vous voulez dire; votre intention est de me rendre grâces d'avoir assisté votre maître.

MARTIN.

Positivement, c'est cela.

LE VOYAGEUR.

Vous êtes un honnête homme.

MARTIN.

Effectivement, la probité mène toujours fort loin.

LE VOYAGEUR.

Je suis enchanté d'avoir, par une action aussi naturelle, obligé tant de braves gens. Leur gratitude est une récompense suffisante pour ce que j'ai fait; la simple humanité m'en faisoit un devoir indispensable, en n'y voyant même que cela, je serois satisfait. Vous êtes trop bon, mon ami, de me faire tant de remercîmens pour un service aussi léger, & qu'en pareille circonstance vous m'eussiez rendu avec le même zèle. . . . Puis-je d'ailleurs vous servir, mon ami?

MARTIN.

Oh! pour ce qui est de me servir, je vous remercie, j'ai mon valet qui me sert au besoin. Mais . . . . . je voudrois bien savoir comment cela est arrivé? dans quel endroit c'étoit? . . . . S'il y avoit beaucoup de ces coquins? s'ils en vouloient à la vie de notre bon maître, ou seulement à son argent? l'un auroit mieux valu pour eux que l'autre.

LE VOYAGEUR.

Je vais vous satisfaire en peu de mots: c'est à-peu-près à une lieue d'ici, que les voleurs ont attaqué votre maître dans un défilé ; je tenois la même route que lui ; ses cris plaintifs m'ont fait doubler le pas ; mon domestique m'a suivi, & nous sommes arrivés assez à propos pour prévenir le malheur qui menaçoit votre maître.

MARTIN.

Eh ! eh !

LE VOYAGEUR.

Il étoit dans une calêche . . . .

MARTIN.

Eh ! eh !

LE VOYAGEUR.

Deux drôles masqués . . . . .

MARTIN.

Masqués ? eh ! eh !

LE VOYAGEUR.

Se disposoient à le frapper.

MARTIN.

Voyez - vous !

LE VOYAGEUR.

S'ils vouloient le tuer, ou s'ils avoient seulement dessein de le garrotter pour le voler ensuite plus commodément, c'est ce que j'ignore.

MARTIN.

Oh, vraiment, ils auroient bien voulu le tuer, les méchans garnemens.

LE VOYAGEUR.

C'est ce que je n'affirmerois pas, pour ne point aggraver leur crime.

MARTIN.

Oui, oui, croyez-moi, ils ont voulu le tuer; je le ſais, je le ſais très-bien.

LE VOYAGEUR.

Vous ne pouvez ſavoir cela, dites que vous le croyez. Auſſitôt que les voleurs m'apperçurent, ils abandonnèrent leur proie & ſe ſauvèrent promptement dans le bois; je tirai mon piſtolet ſur l'un d'eux, mais il faiſoit dejà trop noir, & il étoit déjà ſi loin que je doute de l'avoir atteint.

MARTIN.

Non, vous ne l'avez pas touché.

LE VOYAGEUR.

Etiez-vous près du bois?

MARTIN.

Non: je penſe ſeulement que, puiſqu'il faiſoit déjà ſombre,... dans l'obſcurité, m'a-t-on dit, on ne viſe pas juſte; eh! eh!

LE VOYAGEUR.

Quoi qu'il en ſoit, je ne puis vous exprimer quelle reconnoiſſance votre maître m'a témoignée; il m'a cent fois nommé ſon ſauveur, & il m'a obligé de revenir avec lui dans ſon château; je voudrois que les circonſtances me permiſſent de reſter plus long-temps avec cet aimable ſeigneur, mais il faut que je parte aujourd'hui même, & c'eſt pour cela que je demande mon domeſtique.

MARTIN.

Aujourd'hui!.... Ah! monſieur, attendez encore

un peu. Qu'eſt-ce que je voulois vous demander encore ? Les voleurs . . . . dites-moi donc . . . . quelle mine avoient-ils ? . . . Comment étoient-ils accoutrés ? Ils étoient maſqués, dites-vous, mais comment ?

LE VOYAGEUR.

Votre maître ſoutient que c'étoient des juifs, ils avoient à la vérité des barbes, mais leur langage étoit celui des payſans de ce canton ; s'ils étoient maſqués, comme je le penſe, l'obſcurité les a bien ſervi, car je ne comprends pas comment les juifs pourroient infeſter cette route, puiſqu'on en tolère ſi peu dans ce pays-ci.

MARTIN.

Oh ! très-certainement, je crois que c'étoient des juifs ; vous ne connoiſſez pas, non vous ne connoiſſez pas cette canaille ; tous tant qu'ils ſont, ſans en excepter aucun, ils ſont voleurs, fourbes & fripons ; auſſi eſt-ce une race maudite du ciel. C'eſt bien dommage que je ne ſois pas roi, car ſi je l'étois je ne laiſſerois vivre aucun de ces barbichets ; . . . Dieu préſerve tous les bons chrétiens de cette race-là ! Si Dieu ne la haïſſoit pas lui-même, pourquoi dans le dernier déſaſtre de Lisbonne auroit-il péri moitié plus de juifs que de chrétiens ? Notre curé nous a expliqué cela très-clairement dans ſon dernier prône ; c'eſt comme s'ils l'avoient entendu & qu'ils aient voulu s'en venger ſur notre maître. Ah ! mon cher monſieur, ſi vous voulez avoir du bonheur dans ce monde, gardez-vous des juifs comme de la peſte.

LE VOYAGEUR.

(*à part.*)
Plût à Dieu que le peuple ſeul penſât ainſi !

MARTIN.

Monſieur, par exemple, je fus une fois à la ſoire de Leipſic. Oh ! lorſque je ſonge à cette foire, je voudrois empoiſonner ces damnés de juifs tous à la fois, ſi je le pouvois. Ils eſcamotoient, dans la foule, à l'un ſon mouchoir, à l'autre ſa tabatière, à un troiſième ſa montre ; que ſais-je enfin qu'ils n'aient pas dérobé ? Ils ſont ſi alertes quand il s'agit de filouter : plus alertes que notre maître d'école lorſqu'il touche ſon orgue ; tenez, monſieur, ils preſſent le monde, comme je fais maintenant. (*en s'approchant du voyageur & le ſerrant de près.*)

LE VOYAGEUR.

Un peu plus civilement, mon ami.

MARTIN.

Oh, laiſſez-moi vous montrer ſeulement... enſuite voyez-vous, preſte comme l'éclair, ils gliſſent la main vers le gouſſet (*il met la main dans la poche, & il enlève la tabatière ;*) ils font tout cela ſi dextrement que l'œil ne peut les ſuivre ; s'ils attaquent d'abord un endroit, c'eſt à coup ſûr dans un autre qu'ils opèrent ; lorſqu'ils vous font craindre pour votre montre, c'eſt à votre tabatière qu'ils en veulent ; & ſi vous vous occupez de la tabatière, ils vous enlèvent votre bourſe. (*il veut doucement s'approcher de la montre, mais on l'arrête.*)

LE VOYAGEUR.

Doucement, doucement! Que fait-là votre main?

MARTIN.

Vous voyez par-là, monſieur, quel mal adroit filou je ſerois : ſi un juif avoit tenté un pareil coup, ç'eût été fait de votre montre....... Mais je m'apperçois que je vous ſuis incommode ; je prends la liberté de me recommander à votre ſeigneurie, & je demeure toute ma vie, pour vos bontés, monſieur, votre très-humble & très-obéiſſant ſerviteur, Martin, receveur de ce noble château.

LE VOYAGEUR.

Allez, allez.

MARTIN.

Souvenez-vous toujours de ce que je vous ai dit des juifs : ce ſont tous des coquins.

SCÈNE III.

LE VOYAGEUR *ſeul.*

Ce drôle, tout imbécille qu'il paroît, pourroit bien n'être pas plus ſûr que les filous dont il parle. Il en veut bien aux pauvres juifs : cette prévention eſt aſſez ſingulière ! Pour moi je doute que beaucoup de chrétiens puiſſent ſe vanter d'avoir traité loyalement avec un juif, & ils ſont étonnés de la repréſaille : je ne l'approuve pas, toute naturelle qu'elle eſt. Pour que la fidélité & la probité regnassent entre les peuples, il faudroit que chacun contribuât du sien ..... Mais si chez l'un c'étoit un point de religion, & presque une œuvre méritoire de persécuter l'autre, seroit-il bien étonnant que le peuple persécuté ne se fît pas un grand scrupule de tromper ses persécuteurs ? J'ai entendu les plaintes des uns & des autres, & il reste au moins incertain pour moi s'il y a plus de dupes parmi les chrétiens que parmi les juifs.

SCÈNE IV.

LE VOYAGEUR, CHRÉTIEN son valet.

LE VOYAGEUR.

Il faut toujours vous chercher pendant une heure avant de vous avoir.

CHRÉTIEN.

Ah ! vous plaisantez, monsieur. N'est-il pas vrai que je ne saurois être en même temps en plusieurs endroits ? Est-ce donc ma faute si vous ne me cherchez pas où je suis ? à coup sûr vous m'y trouveriez toujours.

LE VOYAGEUR.

Il me paroît à votre allure que je vous aurois trouvé à l'office. Je ne m'étonne plus de vous voir tant d'esprit. Faut-il que vous vous enivriez ainsi dès le matin ?

CHRÉTIEN.

Ah ! monſieur, moi m'enivrer ! à peine ai-je humé deux bouteilles de vin du pays ; ce vin eſt froid en diable ; j'ai bien vîte avalé quelques coups d'eau de vie pour me réchauffer ; & ſi vous exceptez un croûton de pain, qui même en a bu la moitié, je veux être déshonoré ſi j'ai pris la moindre choſe de toute la journée ; je ſuis encore tout à jeun.

LE VOYAGEUR.

Oui, l'on s'en apperçoit ; & je vous conſeille de doubler la portion une autre fois.

CHRÉTIEN.

Excellent conſeil ! je ne manquerai point, ſuivant mon devoir, de l'enviſager comme un ordre ; je retourne donc au buffet, & vous verrez ſi je ſais obéir.

LE VOYAGEUR.

Point d'étourderie, Mons Chrétien. Allez ſeller les chevaux, je veux partir avant midi.

CHRÉTIEN.

Puiſque monſieur plaiſantoit en me conſeillant de prendre un double déjeûner, comment croirai-je qu'il parle ſérieuſement à préſent ? Au reſte, monſieur eſt bien le maître de s'égayer avec moi. — Mais, ne feroit-ce pas la jeune Freule qui le met de ſi bonne humeur ? Oh ! c'eſt une charmante enfant ! Si elle étoit ſeulement un peu plus âgée, un peu, ... N'eſt-ce pas, monſieur ? Oui, un peu plus, là ; . . car avant qu'une jeune perſonne ait acquis un certain degré d'embonpoint ; . . . un certain . . . .

LE VOYAGEUR.

Allez, Mons Chrétien, & faites ce que je vous ai dit.

CHRÉTIEN.

Ah ! ceci est sérieux ; malgré cela j'attendrai que vous me l'ordonniez une troisième fois : le point est trop important, vous pourriez avoir précipité la chose, & mon usage constant est d'accorder du répit à mes maîtres. Réfléchissez-y bien, monsieur ; quitter un lieu où l'on nous porte sur les mains, & cela si vîte ! Considérez, monsieur, que nous sommes arrivés d'hier seulement, que nous avons infiniment mérité du seigneur de ce lieu, & qu'à peine avons-nous pris, dans son noble château, un léger souper & un maigre déjeûner.

LE VOYAGEUR.

Votre grossièreté m'est insupportable. Lorsqu'on se décide à servir, on devroit s'interdire les sots raisonnemens.

CHRÉTIEN.

Bon, monsieur, vous commencez à moraliser, c'est-à-dire, à vous mettre en colère ; . . . voilà que je décampe. . . . .

LE VOYAGEUR.

Il faut que vous soyez bien dépourvu de sens ! Ce que nous avons fait pour ce seigneur perd le nom de bienfait, dès que nous paroissons attendre la moindre reconnoissance de sa part ; je n'aurois pas dû seulement me laisser entraîner ici. Le plaisir d'avoir secouru un inconnu, sans la moindre vue d'intérêt, n'est-il pas assez grand par lui-même? Si nous fussions partis, il nous auroit comblé de plus de bénédictions qu'il ne nous prodigue maintenant de civilités. La plupart des hommes sont trop pervertis, pour que la présence d'un bienfaiteur ne leur soit pas incommode ; elle blesse presque toujours leur amour propre, & offense leur vanité.

CHRÉTIEN.

Votre philosophie vous suffoque, monsieur ; allons, je veux faire voir que je sais imiter votre magnanimité. Je pars, & dans un quart-d'heure vous pourrez monter à cheval.

SCÈNE V.

LE VOYAGEUR, LA FREULE.

LE VOYAGEUR (*à part.*)

J'AI évité de me familiariser avec cet homme ; mais, malgré cela, il s'oublie avec moi d'une manière qui n'est plus tolérable.

LA FREULE.

Comment vous nous quittez, monsieur? Pourquoi êtes-vous seul ici? Notre conversation, depuis si peu de temps que vous êtes avec nous, vous ennuie-t-elle déjà? J'en serois bien fâchée : je tâche toujours de me rendre agréable à tout le monde, mais à vous sur tout, monsieur ; & je sens que je serois inconsolable de vous déplaire.

LE VOYAGEUR

Vous ne me rendez pas justice, aimable Freule, mais je ne puis m'arrêter plus long-temps, & je viens à regret d'ordonner à mon domestique de tout préparer pour mon départ.

LA FREULE.

Que parlez-vous de votre départ ? Vous ne faites que d'arriver. Après une année de séjour, si quelques sujets de mélancolie vous avoient inspiré ce desir, cela pourroit tout au plus s'excuser ; mais ne pas nous donner une journée entière, oh ! cela est trop fort : & je vous assure que je serai très-fâchée si vous songez encore à ce départ subit.

LE VOYAGEUR.

Cette menace est aussi obligeante que sensible pour moi.

LA FREULE.

Quoi ! sérieusement, est-il vrai que vous seriez sensible, si je me fâchois ?

LE VOYAGEUR.

Qui pourroit voir avec indifférence le mécontentement d'une aussi jolie personne que vous, mademoiselle ?

LA FREULE.

Ce que vous dites a l'air d'un petit persifflage ; cependant je le prends sérieusement, dussé-je me tromper ; ainsi, monsieur, s'il est vrai que je

sois

ſois un peu aimable, comme on me l'a dit, j'uſerai de cet avantage pour vous retenir.... Je vous le répete donc, je ſerai terriblement fâchée ſi, d'ici au nouvel an, vous ſongez à votre départ.

LE VOYAGEUR.

Vous fixez, mademoiſelle, une époque bien agréable! Vous voulez me mettre à la porte au milieu de l'hiver, dans la plus cruelle ſaiſon.

LA FREULE.

Eh! qui vous dit cela? Je dis ſeulement que par bienſéance vous pourriez alors ſonger à parler de départ; nous ne vous laiſſerions pas partir pour cela; nous vous prierions au contraire de reſter juſqu'à la belle ſaiſon.....

LE VOYAGEUR.

Auſſi par bienſéance.

LA FREULE.

Mais voyez donc, qui diroit qu'une phyſionomie auſſi honnête fût celle d'un railleur...... Ah! voici papa, il faut que je m'en aille, ne lui dites pas que je me ſuis arrêtée avec vous; il me reproche déjà aſſez que j'aime la compagnie des meſſieurs.

SCÈNE VI.

LE BARON, LE VOYAGEUR.

LE BARON.

N'EST-CE pas ma fille qui étoit avec vous, monſieur? Pourquoi s'enfuit-elle?

LE VOYAGEUR.

C'eſt un grand bonheur pour vous, monſieur, d'avoir une fille auſſi douce & auſſi gaie ; elle enchante par ſes raiſonnemens pleins de la plus aimable innocence ; elle plaît par l'eſprit le plus naturel & le plus agréable.

LE BARON.

Vous la jugez trop favorablement ; elle a peu fréquenté la ſociété des gens aimables ; — cependant je conviens qu'elle poſſède cet art de plaire qui s'acquiert ſi rarement à la campagne, & qui ſouvent vaut mieux que la beauté ; cet art ne ſemble en elle qu'un don de la nature.

LE VOYAGEUR.

Ce naturel eſt d'autant plus précieux, qu'il eſt moins commun dans les villes ; tout y eſt diſſimulation, étude & gêne ; on y a pouſſé les choſes au point, que groſſièreté & nature ſont devenus des mots ſynonymes.

LE BARON.

Que je ſuis enchanté que nos idées & nos jugemens s'accordent auſſi parfaitement ! Que n'ai-je eu depuis long-temps un ami tel que vous !

LE VOYAGEUR.

Vous devenez injuſte envers vos autres amis.

LE BARON.

Envers mes autres amis, dites-vous ? J'ai cinquante ans.... J'ai eu cent connoiſſances, mais jamais un ami ; jamais l'amitié ne m'a paru plus touchante que depuis le peu de temps que j'ambitionne la vôtre ; que ne ferois-je pas pour l'obtenir?

LE VOYAGEUR.

Mon amitié eſt ſi peu de choſe, que le ſeul deſir de l'acquérir eſt un titre pour la poſſéder ; votre prière, monſieur, vaut infiniment mieux que ce que vous paroiſſez ſouhaiter.

LE BARON.

Ah, monſieur, l'amitié de mon bienfaiteur ! ....

LE VOYAGEUR.

Vu ſous cet aſpect, je ne ſerois plus votre ami ; ſuppoſez un moment que je fuſſe votre bienfaiteur, n'aurois-je pas à craindre que votre amitié ne fût que le ſentiment de la gratitude ?

LE BARON.

Et ces deux ſentimens ne ſauroient-ils donc marcher enſemble ?

LE VOYAGEUR.

Très-difficilement : la gratitude eſt le devoir d'un cœur noble ; mais la véritable amitié ne peut naître que de la volonté libre d'une ame épurée.

LE BARON.

Que de goût & de délicateſſe !

LE VOYAGEUR.

De grâce, ne m'eſtimez pas au delà de ce que je vaux ; j'ai rempli envers vous, monſieur, le ſimple devoir de tout homme envers son semblable ; vous ne m'en devez aucune reconnoissance ; & si vous croyez m'en devoir, l'offre de votre amitié vous acquitte pleinement envers moi.

LE BARON.

Cette générosité me confond de plus en plus.... Je n'ai pas encore osé hasarder de vous demander votre nom & votre état;.... peut-être suis-je assez indiscret pour offrir mon amitié à quelqu'un qui m'honoreroit en m'accordant sa bienveillance.

LE VOYAGEUR.

Pardonnez-moi, monsieur,.... vous prenez une trop haute idée de moi.

LE BARON *à part.*

Dois-je lui demander? .... Non, il pourroit se formaliser de ma curiosité.

LE VOYAGEUR *à part.*

Que lui dirois-je, s'il me questionnoit ? ...

LE BARON *à part.*

Si je ne le lui demande pas, après ce que je viens de dire, il aura lieu de s'en offenser.

LE VOYAGEUR *à part.*

Dois-je lui déclarer la vérité ?

LE BARON *à part.*

Je veux prendre un autre moyen de le savoir, je vais faire questionner son valet par Lisette.

LE VOYAGEUR *à part.*

Que ne puis-je éviter cette explication !

LE BARON.

Qui vous rend si pensif, monsieur ?

LE VOYAGEUR.

J'allois vous faire la même question.

LE BARON.

Je suis fort sujet aux distractions : je pensois que la conversation que nous avions entamée pouvoit vous déplaire, & pour en changer je voulois vous demander si vous croyez que les gens qui m'ont attaqué soient des juifs ? Dans ce moment, mon Bailli vient de me dire qu'il en avoit rencontré trois, il n'y a pas long-temps, sur mes terres. De la manière dont il me les a dépeints, ils ressemblent plutôt à des fripons qu'à d'honnêtes gens, & cela ne m'étonne pas ; une nation aussi intéressée ne se met pas beaucoup en peine des moyens qu'elle emploie pour parvenir à ses fins ; juste ou injuste, tout lui est bon. Elle paroît aussi née pour l'intrigue & la fraude. Sa souplesse, son industrie & sa discrétion la rendroient estimable, si elle n'employoit pas si souvent ces qualités à tendre des pièges à la bonne-foi & à l'inexpérience. Les juifs m'ont dès long-temps causé bien du chagrin, & m'ont fait beaucoup de tort. Lorsque j'étois encore au service, j'eus la foiblesse de signer une lettre de change pour obliger un ami, & le malheureux juif fit si bien qu'on fut obligé de la payer deux fois. Oh, tous les juifs, aux yeux des jeunes militaires fur-tout, font les plus méchans & les plus vils des hommes..... Qu'en dites-vous, monfieur? vous paroiffez tout interdit!

LE VOYAGEUR.

Que voulez-vous que je vous dife? Il faut que je convienne qu'on me porte fouvent cette plainte.

LE BARON.

N'eft-il pas vrai que leur figure prévient auffi contr'eux? On croit lire dans leurs yeux l'incertitude, la fourberie, le fordide intérêt, la fraude & le parjure..... Mais pourquoi vous détournèz-vous?

LE VOYAGEUR.

Je vois que vous êtes un grand phyfionomifte, & ma figure n'eft pas plus exempte......

LE BARON.

Vous m'offenfez, monfieur; comment pouvez-vous avoir une pareille idée? Sans être grand connoiffeur en phyfionomies, je vous protefte que je n'en ai jamais vu où la fincérité, la candeur & l'amabilité fuffent mieux peintes que fur la vôtre.

LE VOYAGEUR.

A vous dire la vérité, monfieur, je n'aime pas les jugemens généraux fur toute une nation....... Excufez ma franchife: je crois que chez tous les peuples il y a de belles & de méchantes ames...... & parmi les juifs.......

SCÈNE VII.

LA FREULE, LE VOYAGEUR, LE BARON,

LA FREULE.

Ah ! Papa. . . . .

LE BARON.

Allons, allons, bien étourdiment ! Tout à l'heure tu t'es ſauvée de moi ; qu'eſt-ce que cela ſignifioit ?

LA FREULE.

Ce n'eſt pas vous, Papa, que j'ai évité, c'eſt votre réprimande que je voulois eſquiver.

LE BARON.

La diſtinction eſt ſubtile ; mais qu'avois-tu donc fait qui méritât ma cenſure ?

LA FREULE.

Oh ! vous le ſavez bien, mon papa, vous l'avez vu, j'étois avec ce monſieur.

LE BARON.

Eſt-ce-là tout ?

LA FREULE.

Ce monſieur eſt un homme, & vous m'avez défendu de m'arrêter avec des hommes.

LE BARON.

Tu aurois dû comprendre que monſieur doit être excepté ; je deſirerois que tu lui fuſſe agréable, alors je verrois avec plaisir que tu fusse toujours en sa compagnie.

LA FREULE.

Hélas! c'étoit pour la première & dernière fois; car son domestique fait déjà ses paquets, & c'est justement ce que je voulois vous dire.

LE BARON.

Quoi? Quoi? Son laquais, ...

LE VOYAGEUR.

Oui, monsieur, je le lui ai ordonné; mes occupations, . . . la crainte de vous être à charge. . . . .

LE BARON.

Que voulez-vous que je pense, monsieur, d'un départ si subit? M'enlèverez-vous si promptement la satisfaction que j'éprouve à vous témoigner ma reconnoissance? Ajoutez, je vous supplie, à votre premier bienfait celui de rester avec nous quelques jours de plus. J'ai invité pour aujourd'hui ma famille afin qu'elle connoisse mon ange tutélaire, & qu'elle joigne sa satisfaction & sa reconnoissance à la mienne; elle rougiroit, ainsi que moi, de laisser partir un homme de votre caractère, sans l'avoir connu, honoré & récompensé, si nous osions croire que la chose fût en notre pouvoir.

LE VOYAGEUR.

Monsieur, il faut absolument......

LA FREULE.

Rester, monsieur, rester. Je cours dire à votre laquais de débrider..... Mais le voici.

SCÈNE VIII.

CHRÉTIEN, (*botté, ayant deux porte-manteaux sous les bras,*) les précédens.

CHRÉTIEN.

ALLONS, monsieur, tout est prêt ; abrégez vos complimens. A quoi sert tant de parlementage, si nous ne devons pas nous arrêter ici ?

LE BARON.

Qui vous empêche d'y rester ?

CHRÉTIEN.

Que sais-je ?... Certaines réflexions... L'obstination de mon maître en est la cause, & sa générosité le prétexte.

LE VOYAGEUR.

Mon domestique n'a pas toujours le sens commun, pardonnez-lui, monsieur. Je vois que vos instances obligeantes ne sont point de simples complimens, & je me rends, de peur de commettre une impolitesse en voulant l'éviter.

LE BARON.

Que je vous ai d'obligations !

LE VOYAGEUR *à Chrétien.*

Vous n'avez qu'à tout défaire, nous ne partirons que demain.

LA FREULE.

Eh bien donc, n'entendez-vous pas? Pourquoi restez-vous? Allez donc faire débrider vos vilains chevaux.

CHRÉTIEN.

Ce seroit à moi de me fâcher à présent ..... Cependant, comme il ne m'arrivera pas d'autre malheur que de bien boire, bien manger & d'être bien soigné, à la bonne heure; sans cela, je ne prendrois pas la chose si gaiement: car je n'aime pas à prendre des peines inutiles ..... Je le dis franchement.

LE VOYAGEUR.

Vous tairez-vous, insolent?

CHRÉTIEN.

Insolent, parce que je dis la vérité!

LA FREULE.

Oh! c'est charmant que vous restiez avec nous; à présent, je vous aime une fois davantage. Venez, je vais vous mener dans notre jardin, on dit qu'il est fort beau, j'espère qu'il vous plaira.

LE VOYAGEUR.

S'il vous plaît, aimable Freule, certainement il me plaira aussi.

LA FREULE.

Venez toujours. En attendant, l'heure du dîné approchera ..... Vous le permettez, Papa?

LE BARON.

Je veux même vous accompagner.

LA FREULE.

Non, non, Papa, nous ne voulons pas vous en donner la peine ; vous avez des affaires.

LE BARON.

Ma plus grande affaire aujourd'hui eſt de procurer de l'agrément à mon hôte.

LA FREULE.

Il ne s'en formaliſera pas ; n'eſt-ce pas, monſieur? (*bas au voyageur.*) Dites que non. . . . Je voudrois bien me promener ſeule avec vous.

LE VOYAGEUR.

Je me repentirois d'avoir cédé à vos inſtances, ſi je m'appercevois que je vous fuſſe incommode un ſeul moment.

LE BARON.

Pourquoi faire attention aux diſcours de cet enfant ?

LA FREULE.

Enfant. . . . . . Papa, ne me donnez donc pas ce nom ridicule : ce monſieur pourroit croire que je ſuis bien plus jeune encore que je ne le ſuis. Au ſurplus, je ſuis aſſez âgée pour pouvoir me promener avec vous. Venez, venez, monſieur, ... mais voici encore votre domeſtique avec ſes deux porte-manteaux ſous les bras ; ils me pèſent horriblement.

CHRÉTIEN.

Je pensois qu'ils ne pesoient qu'à celui qui en étoit chargé.

LE VOYAGEUR.

Taisez-vous, on vous fait trop d'honneur.

SCÈNE IX.

LISETTE, les acteurs précédens.

LE BARON *voyant venir Lisette.*

MONSIEUR, je vais vous suivre. S'il vous plaisoit en attendant d'accompagner ma fille au jardin.

LA FREULE.

Oh, Papa, restez tant qu'il vous plaira ; nous nous promènerons bien ; venez, monsieur. (*la Freule & le Voyageur sortent.*)

SCÈNE X.

LE BARON, LISETTE, CHRÉTIEN.

LE BARON.

LISETTE, j'ai quelque chose à te dire.

LISETTE.

Monsieur.

LE BARON.

J'ignore encore quel est notre hôte ; j'ai des raisons pour ne pas le lui demander à lui-même : ne pourrois-tu pas, par son domestique? ....

LISETTE.

Je comprends ce que vous desirez, monsieur, ma propre curiosité suffisoit pour vous satisfaire, & je vous avoue qu'elle m'amenoit ici justement pour ce même sujet.

LE BARON.

Tâches de réussir, & avertis-moi ; je t'en saurai gré, & te récompenserai.

LISETTE.

Laissez-moi faire, monsieur.

CHRÉTIEN.

Vous ne trouvez donc pas mauvais, monsieur, que nous nous plaisions chez vous? ah ça ; je vous en prie, point de façon avec moi : je suis content de tout ce qu'on me donne.

LE BARON.

Lisette, je te le recommande ; qu'il ne manque de rien. (*il sort.*)

CHRÉTIEN.

Je me recommande aussi, ma chère demoiselle, à votre haute attention qui ne me laissera manquer de rien. (*il veut sortir.*)

SCÈNE XI.

LISETTE, CHRÉTIEN.

LISETTE *retenant Chrétien.*

NON, monsieur, je ne saurois me résoudre à vous laisser commettre une incivilité. Ne suis-je pas assez jolie fille pour mériter un moment de conversation?

CHRÉTIEN.

La peste, mademoiselle, vous êtes exigeante! J'ignore jusqu'à quel point vous êtes ce que vous dites, mais permettez-moi de m'en aller; vous voyez que je suis chargé; aussi-tôt que j'aurai faim ou soif je reviendrai.

LISETTE.

Voilà positivement la manière de notre Dragon.

CHRÉTIEN.

Diable, il faut que ce soit un bon garçon s'il se conduit comme moi!

LISETTE.

Voulez-vous faire connoissance avec lui, il est enchaîné là bas dans la grande cour.

CHRÉTIEN.

Comment, morbleu, vous me comparez à un chien! Ah, je vois ce que c'est. Vous avez cru que je parlois de la faim physique, tandis que je ne songeois qu'à la soif & à la faim morale de l'amour ; c'est cette faim là que je vais bientôt éprouver : êtes-vous contente de ma déclaration?

LISETTE.

Infiniment plus que du déclarant.

CHRÉTIEN.

Comment ! je pourrois me flatter qu'une déclaration d'amour ne vous offenseroit pas, si . . .

LISETTE.

Si . . . si vous la faisiez tout de bon, peut-être, alors. . . .

CHRÉTIEN.

Peut-être est-elle plus sérieuse que vous ne pensez.

LISETTE.

Ce peut-être est galant.

CHRÉTIEN.

Je ne vois pas de différence entre mon peut-être & le vôtre.

LISETTE.

Dans ma bouche il signifie tout autre chose que dans la vôtre. Peut-être est, de la part d'une fille, la plus forte assurance qu'elle puisse donner ; car quel que soit notre jeu, nous ne devons jamais permettre qu'on regarde dans nos cartes.

CHRÉTIEN.

Si cela est ainsi, nous nous entendons. Mais je ne sais pas pourquoi je prends tant de peine;

(*il laisse tomber les deux porte-manteaux.*) à bas. (*à Lisette.*) Je vous aime, mademoiselle.

LISETTE.

Voilà ce qui s'appelle dire beaucoup en peu de mots. Détaillons.

CHRÉTIEN.

Non, laissons la chose entière : cependant, afin que nous puissions tranquillement nous expliquer, ayez la bonté de vous asseoir ; je suis las d'être debout . . . . . . Sans cérémonie. (*il la force à s'asseoir sur un porte-manteau.*) Je vous aime donc, mademoiselle.

LISETTE.

Mais je suis assise bien durement ; je pense que ce sont des livres.

CHRÉTIEN.

Et par-dessus le marché de très-tendres & de très-spirituels ; c'est la bibliothèque de campagne de mon maître ; elle consiste en comédies pour pleurer, en tragédies pour rire, en héroïdes fort tendres, en chansons à boire très-sérieuses & autres fadaises. Mais changeons, mettez-vous sur le mien : sans compliment, le mien est plus doux.

LISETTE.

Pardonnez-moi, je ne suis pas assez impolie.

CHRÉTIEN.

Sans façon, sans compliment . . . . Vous ne voulez pas, ... je vais vous y transporter.

LISETTE.

LISETTE.

Puisque vous l'ordonnez. (*elle se lève, & veut s'asseoir sur l'autre porte-manteau.*)

CHRÉTIEN.

Ordonner ! Dieu m'en préserve. Ordonner est trop fort ; . . . puisque vous le prenez ainsi, restons comme nous étions. (*il se remet sur le sien.*)

LISETTE *à part.*

Le maraut ! cependant voyons.

CHRÉTIEN.

Où en étions-nous ? . . . oui . . . à l'amour : je vous aime donc, mademoiselle. Je vous aime, vous dis-je, fussiez-vous une marquise françoise.

LISETTE.

Comment ! seriez-vous François ?

CHRÉTIEN.

Non, il faut l'avouer, je ne suis qu'un Allemand ; mais j'ai eu le bonheur de vivre avec des François, & j'ai appris assez passablement parmi eux ce qui convient à un joli garçon ; je pense que je n'ai pas mal le tour ; . . . hem ! . . . .

LISETTE.

Vous arrivez peut-être de la France avec votre maître ?

CHRÉTIEN.

Oh ! Mon Dieu non.

LISETTE.

C'est donc d'ailleurs que vous venez ?

CHRÉTIEN.

Encore quelques lieues derrière la France.

LISETTE.

Ne feroit-ce pas d'Italie?

CHRÉTIEN.

Pas loin de là.

LISETTE.

C'eft donc d'Angleterre?

CHRÉTIEN.

A peu près : l'Angleterre en eft une province. Nous fommes de plus de cent lieues d'ici. . . . . Mais, . . . mes chevaux, . . . les pauvres animaux font encore fellés. Excufez, mademoifelle, ... vîte, levez-vous. (*il reprend les porte-manteaux.*) En dépit de l'ardeur de ma flamme, il faut que je pourvoie au plus preffé. Nous avons encore toute la journée, & qui plus eft toute la nuit; nous nous arrangerons de refte : . . . . je faurai bien vous retrouver. (*il fort.*)

SCÈNE XII.

MARTIN, LISETTE.

LISETTE.

De celui-là, je ne tirerai pas grand'chofe, il eft fi fin, ou fi bête qu'il en devient impénétrable. (*voyant arriver Martin.*) Pour celui-ci, je crois que c'eft mon ombre, mais il faut une bonne fois que je m'en débarrasse.

MARTIN.

C'est donc ce drôle-là, mademoiselle, qui doit me supplanter ?

LISETTE.

Vous n'en aviez pas besoin, Mons Martin.

MARTIN.

Comment ! pas besoin. Et je pensois occuper une si bonne place dans votre cœur.

LISETTE.

Vous le pensiez, monsieur le receveur ! Les gens de votre espèce ont le droit de penser ridiculement. Aussi ne m'offense-je pas de ce que vous l'avez pensé, mais de ce que vous osez me le dire. Je voudrois bien savoir pourquoi vous vous mêlez de mes affaires de cœur, & sur quoi vous prétendez avoir une si bonne place dans le mien ? Vous êtes fort habile à recevoir, je le crois ; mais à donner je vous trouve fort gauche : par quelle complaisance, par quel présent croyez-vous avoir mérité cette place ? Je ne prodigue pas ainsi mon cœur ; croyez-vous que j'en sois bien embarrassée ? ... Je trouverai bien encore quelque bon garçon, sans le demander par les petites affiches.

MARTIN.

Diantre ! cela enrhume. Prenons une prise de tabac, peut-être que cela se passera en éternuant. *(il tire la tabatière volée, joue un peu avec, & prend avec un air de vanité une prise de tabac.)*

LISETTE, *jetant un coup-d'œil de côté.*

Peste! d'où ce drôle là a-t-il tiré cette boîte?

MARTIN.

En voulez-vous une petite prise, mademoiselle Lisette?

LISETTE *prend une prise.*

Oh, votre très-humble servante, monsieur le receveur.

MARTIN *à part.*

Voyez ce que peut une belle boîte d'or!.... comme cela rend souple!

LISETTE.

Est-elle d'or fin?

MARTIN.

Si elle n'étoit pas d'or fin, maître Martin la porteroit-il?

LISETTE.

Est-il permis de la considérer de près?

MARTIN.

Oui, mais seulement entre mes mains.

LISETTE.

La façon en est superbe!

MARTIN.

Il est vrai; elle pèse cinq onces.

LISETTE.

Rien que pour la façon, une pareille boîte me plairoit fort.

MARTIN.

Eh bien, je m'en vais la faire fondre ; après cela, la façon est à votre service.

LISETTE.

Vous êtes trop bon. Sans doute que c'est un présent de quelqu'un ?

MARTIN.

Positivement, elle ne me coûte pas un liard.

LISETTE.

En vérité, un pareil bijou pourroit séduire plus d'une jolie fille ; vous pourriez vous en faire une bonne fortune, monsieur le receveur, bien difficile qui le refuseroit. Moi du moins, j'avoue que si l'on m'attaquoit avec une tabatière d'or, je me défendrois bien mal. Armé d'un semblable joyau, un amant auroit beau jeu avec moi.

MARTIN.

J'entends, j'entends.

LISETTE.

Puisqu'elle ne vous coûte rien, je vous conseillerois, monsieur le receveur, de l'employer à vous en faire une amie.

MARTIN.

J'y suis, j'y suis.

LISETTE *careſſante.*

Seriez-vous homme à m'en faire préſent, monſieur le receveur ?

MARTIN.

Je ſuis homme à la garder. On ne donne plus comme cela des tabatières d'or ; croyez - vous, mademoiſelle Liſette, que je ſois bien embarraſſé de cette boîte ? Je trouverai aſſez de pareilles acheteuſes, ſans les demander par les petites affiches.

LISETTE.

A-t-on jamais vu une plus déteſtable plaiſanterie ? mettre un cœur en parallèle avec une tabatière !

MARTIN.

Oui, un cœur de pierre, & une tabatière d'or.

LISETTE.

Peut-être ceſſeroit-il d'être de pierre, ſi ; . . . mais toutes mes paroles ſont perdues : . . . il eſt indigne de mon amitié. Que je ſuis une bonne ſotte ! hi . . . hi . . . (*elle pleure.*) Peu s'en eſt fallu que je ne le cruſſe une de ces bonnes ames qui penſent comme elles parlent.

MARTIN.

Et quel bon nigaud ne ſerois-je pas de croire qu'une fille parle comme elle penſe ? (*à part.*) Si cependant . . . C'eſt un friand morceau que cette Liſette . . . Donnons toujours, ſauf à reprendre : il ne m'en coûtera qu'un tour de main. Tenez, ma chère mademoiſelle Liſette, ne pleurez pas. (*il donne la boîte.*) Je suis actuellement sûr de votre amitié, n'est-ce pas? . . . je vous demande pour gage un baiser sur votre belle main, (*il la baise.*) Ah, que cela est doux!

SCÈNE XIII.

LA FREULE, LISETTE, MARTIN.

LA FREULE *se glisse furtivement, & relève leurs mains avec les siennes.*

Eh! monsieur le receveur, baisez donc aussi ma main.

LISETTE.

Comment!

MARTIN.

Très-volontiers, gracieuse Freule. (*il veut lui baiser la main.*)

LA FREULE *lui applique un soufflet.*

Faquin! ne voyez-vous pas que je me moque de vous?

MARTIN.

Du diantre, si c'est là une plaisanterie.

LISETTE *se moque de lui.*

Ha, ha, ha! Je vous plains, mon cher receveur. Ha, ha, ha!

MARTIN.

Comment, vous en riez aussi; c'est donc là ma récompense? nous nous reverrons, & vous serez bien fine, si avant la fin du jour je ne ris pas à mon tour. (*il sort.*)

LISETTE.

Ha, ha, ha !

SCÈNE XIV.

LISETTE, LA FREULE.

LA FREULE.

MA foi, je ne l'aurois pas cru, si je ne l'avois pas vu. Tu te laisses baiser la main, & par qui ? Par ce vilain receveur qui me déplaît.

LISETTE.

Je ne sais, mademoiselle, qui vous donne le droit de me surprendre ? je vous supposois dans le jardin avec l'étranger.

LA FREULE.

Oui, & j'y serois encore sans papa qui est survenu ; mais pouvois-je dire un seul mot de mon dessein, en présence de papa ?

LISETTE.

Qu'appellez-vous votre dessein ? Et qu'aviez-vous à dire que votre papa ne pût entendre ?

LA FREULE.

Mille choses ; mais tu m'impatientes ; qu'il te suffise de savoir que j'aime cet étranger, ... & que j'avois dessein de le lui dire tout naturellement.

LISETTE.

La peste! Il me paroît que vous faites fort bien vos affaires vous-même; vous ne les laissez pas traîner en longueur : la chose cependant ne seroit pas impossible si; . . . là, convenez que vous vous fâcheriez terriblement contre votre papa si quelque jour il vous donnoit un pareil mari ? . . . Et qui sait ce qu'il fait maintenant? C'est bien dommage que vous n'ayez pas quelques années de plus, cela pourroit prendre une certaine couleur.

LA FREULE.

Oh! qu'à cela ne tienne, papa n'a qu'à me faire de quelques années plus âgée, certainement je ne le démentirai pas.

LISETTE.

Attendez, il me vient une idée; je vais vous donner quelques-unes de mes années, cela fera le compte de toutes deux, alors je ne serai pas trop vieille, ni vous trop jeune.

LA FREULE.

Justement, cela nous arrangeroit à merveilles.

LISETTE.

Voici le domestique de l'étranger, il faut que je lui parle, le tout pour votre bien. Laissez-moi seule avec lui. . . . Retirez-vous, mademoiselle.

LA FREULE.

N'oublie pas l'âge, je t'en prie, entends-tu Lisette? (*elle sort.*)

SCÈNE XV.

LISETTE, CHRÉTIEN.

LISETTE.

APPAREMMENT que monſieur a faim & ſoif, puiſque le voilà de retour ?

CHRÉTIEN.

Oui vraiment, ... ainſi que je vous l'ai expliqué : faim & ſoif d'amour. Tenez, à ne vous rien cacher, dès hier au ſoir, en deſcendant de cheval, j'avois jeté un certain coup d'œil ſur vous, ma chère demoiſelle ; mais comme je penſois ne devoir reſter que quelques heures dans ce château, j'ai cru que ce n'étoit pas la peine de faire connoiſſance. Qu'euſſions-nous dit en ſi peu de temps ? il auroit fallu prendre le roman par la queue.

LISETTE.

Vous aviez raiſon hier, mais à préſent nous pouvons procéder plus méthodiquement ; vous pouvez me faire vos propoſitions, je puis y répondre ; je puis vous expoſer mes doutes, vous pouvez les réſoudre ; vous pourrez, à chaque pas que nous ferons, penſer, réfléchir, & moi de même ; afin que nous n'achetions ni l'un ni l'autre chat en poche. Si dès hier au ſoir vous m'euſſiez fait votre déclaration, en vérité je l'euſſe reçue avec grand plaiſir ; mais, avant tout, encore faut-il ſe connoître & ſavoir quel eſt votre état, quels ſont vos biens, votre patrie, vos eſpérances, &c. &c.

CHRÉTIEN.

Comment, tout cela eſt néceſſaire ! A quoi bon tant de précautions ? En ſe mariant on n'en prendroit pas davantage.

LISETTE.

Pour une paſſade, cela ſeroit ſans doute inutile; mais pour un engagement ſérieux, c'eſt tout autre choſe. Alors les plus petits détails deviennent importans. Ainſi, ne vous attendez à aucune complaiſance de ma part, ſi vous ne ſatisfaites pleinement ma curioſité inquiète.

CHRÉTIEN.

Juſqu'où s'étend-elle donc ?

LISETTE.

Comme ordinairement on juge des maîtres par les valets, je prétends premièrement ſavoir.......

CHRÉTIEN.

Quel eſt mon maître ? Ah, ah, ah ! Cela eſt plaiſant, vous me demandez là une choſe que je vous demanderois, ma belle demoiſelle, ſi je pouvois imaginer que vous le ſuſſiez.

LISETTE.

Et vous eſpérez eſquiver ma queſtion par cette ridicule défaite : bref, il faut que je ſache quel eſt votre maître, ou toute notre amitié eſt évanouie.

CHRÉTIEN.

Je ne connois mon maître que depuis un mois, c'eſt à Hambourg qu'il m'a pris à ſon ſervice; je l'ai accompagné depuis Hambourg jufqu'ici, mais je n'ai jamais pris la liberté de m'informer de fon nom, ni de fon état. Une chofe certaine, c'eft qu'il eft riche : car ni lui, ni moi n'avons jamais manqué de rien, & je ne me fuis guère mis en peine d'en favoir davantage.

LISETTE.

Que puis-je me promettre de votre amitié, fi vous refufez de confier à ma difcrétion une pareille bagatelle ? jamais je n'agirois ainfi avec vous.... Par exemple, voici une jolie tabatière d'or...

CHRÉTIEN.

Elle eft, ma foi, tentante.

LISETTE.

Pour peu que vous fuffiez curieux, je vous dirois de qui elle me vient.

CHRÉTIEN.

Cela m'eft fort égal : j'aimerois mieux favoir qui l'aura de vous, Lifette.

LISETTE.

Je n'ai encore rien décidé fur ce point là : mais fi vous la manquez, vous n'aurez à vous en prendre qu'à vous-même : certainement je ne laifferois pas votre franchife fans récompenfe.

CHRÉTIEN.

Dites plutôt mon indifcrétion ; mais, foi d'homme d'honneur, fi je fuis difcret dans cette occafion c'eft malgré moi, car je veux mourir fi j'ai la moindre chose à découvrir. Avec quel plaisir ne dirois-je pas mon secret si j'en avois un, pour obtenir de votre belle main un pareil bijou !

LISETTE.

En ce cas, adieu, monsieur. Je ne veux pas attaquer plus long-temps votre rare vertu. Je souhaite seulement qu'elle puisse quelque jour vous procurer une tabatière d'or & une jolie maîtresse, aussi bien qu'elle vous en prive aujourd'hui.

CHRÉTIEN.

Où allez-vous donc ? patience. (*à part.*) Je me vois obligé de mentir, car il y a conscience de laisser échapper cette occasion ; d'ailleurs un petit mensonge ne peut faire un grand mal.

LISETTE.

Eh bien, vous décidez-vous ? ... Non, je vois qu'il vous en coûte, ... allons, ... je ne veux plus rien savoir.

CHRÉTIEN.

Revenez, vous saurez tout. (*à part.*) Ah ! Qui pourroit à présent bien mentir ! ... Ecoutez, mademoiselle, ... mon maître est ... est de condition, ... nous venons ensemble ... de ... de Hollande, ... il a été obligé ... à cause de certains désagrémens, ... une misère, ... à cause d'un assassinat, ... de se sauver : ...

LISETTE.

Un assassinat ! ... quelle misère !

CHRÉTIEN.

Oh! c'est un assassinat honnête... un duel recordé de témoins ; & actuellement mon maître fuit.

LISETTE.

Et vous, mon ami?

CHRÉTIEN.

Et moi aussi, je suis en fuite. Le défunt ... je veux dire les parens du défunt, nous ont fait suivre; & à cause de cette poursuite: ... à présent vous pouvez deviner le reste ... Que diantre voulez-vous aussi qu'on fasse? considérez vous-même, un petit aigrefin nous insulte, mon maître lui passe son épée au travers du corps. Cela va de suite... Si quelqu'un m'insulte j'en use de même, ou je l'assomme ; car un brave garçon ne peut pas en agir autrement.

LISETTE.

Cela est bien. J'aime les gens braves, je ne suis pas endurante non plus, moi. Mais chut, voici votre maître. Le prendroit-on pour un tueur d'hommes, en voyant sa mine si douce?

CHRÉTIEN.

Venez, retirons-nous ; car il pourroit soupçonner que je le trahis.

LISETTE.

Je le veux bien.

CHRÉTIEN.

Et la tabatière d'or?

LISETTE.

Venez toujours. (*à part.*) Je veux d'abord voir ce que mon maître me donnera pour ma découverte; si cela vaut mieux que la boîte, je la donnerai. (*ils sortent.*)

SCÈNE XVI.

LE VOYAGEUR *seul.*

MA boîte me manque! c'est une bagatelle; néanmoins, je suis sensible à cette perte. Le receveur m'auroit-il? . . . Pourquoi? . . . je puis l'avoir perdue: . . . Je puis, par inadvertance, l'avoir fait sauter hors de ma poche: . . . . Il ne faut offenser personne, même par un soupçon: . . . . Cependant, il m'a pressé d'une manière si étrange: . . . Il étendoit la main vers ma montre: . . . . Je l'ai surpris faisant ce mouvement, . . . & il parloit de la chose en maître de l'art: . . . Il pourroit bien l'avoir exercé sur ma tabatière sans que je m'en fusse apperçu.

SCÈNE XVII.

MARTIN, LE VOYAGEUR.

MARTIN, *en appercevant le Voyageur, veut se retirer*

JE cherche par-tout cette friponne de Lisette, & ne puis la rencontrer. Hem, (*à part.*) Hem!

je croyois ce chien d'homme-là parti, ses chevaux étoient sellés ; qui diable l'a donc retenu ?

LE VOYAGEUR.

Approchez, mon ami. (*à part.*) Il est embarrassé comme s'il devinoit ma pensée. . . . . . (*haut.*) Approchez donc.

MARTIN *avec humeur.*

Je n'ai pas le temps ; sans doute que vous voulez encore causer avec moi, mais j'ai quelque chose de mieux à faire ; je ne suis pas curieux d'entendre dix fois vos actions héroïques, racontez-les à ceux qui ne les savent pas.

LE VOYAGEUR.

Qu'entends-je ! (*à part.*) Tantôt si simple, si naïf, si poli ; actuellement si impudent & si grossier ! (*haut.*) Quel est donc votre vrai masque ?

MARTIN.

Oh, oh ! qui diable vous a fait naître l'idée de me prendre pour un masque ? Je ne veux pas me quereller avec vous ; sans quoi . . . (*il veut sortir.*)

LE VOYAGEUR.

(*à part.*) Son impertinence fortifie mon soupçon. (*il retient le receveur.*) Non, non, j'ai quelque chose de conséquence à vous dire.

MARTIN.

Et je n'y répondrai pas, de quelqu'importance que cela puisse être ; ainsi, épargnez-vous la peine de me questionner.

Mon

LE VOYAGEUR.

(*haut.*) Je vais le risquer. (*à part.*) Je ferois pourtant inconsolable si je le soupçonnois à tort. Mon ami, n'avez-vous pas vu ma tabatière, elle me manque?

MARTIN.

Quelle est cette question? Est-ce ma faute si on vous l'a volée? . . . . . Me prenez-vous pour le voleur, ou pour le receleur?

LE VOYAGEUR.

Qui vous parle de voleur? Vous vous trahissez vous-même, ou du moins votre ton me donne à penser que...

MARTIN.

Je me trahis moi-même! Ainsi, vous pensez que j'ai votre tabatière. Savez-vous, monsieur, de quelle conséquence il est d'accuser ainsi un galant homme? le savez-vous?

LE VOYAGEUR.

Pourquoi criez-vous si fort? Je ne vous ai encore accusé de rien; vous êtes vous-même votre accusateur; de plus, je ne sais si j'aurois grand tort? Qui ai-je attrapé tantôt si près de ma montre?

MARTIN.

Oh! vous êtes un homme avec lequel il n'y a pas moyen de risquer une plaisanterie? (*à part.*) Pourvu qu'il ne l'ait pas vu chez Lisette...... Cette fille auroit-elle été assez folle pour en faire parade?

LE VOYAGEUR.

Je comprends que par plaisanterie, vous m'avez escamoté ma boîte; celle-ci est du genre sérieux,

& à ces petits jeux la réputation court de grands risques : car, à supposer même que je puisse me persuader que votre intention ne fût pas de garder ma tabatière, les autres.....

MARTIN.

Les autres, les autres.... seroient déjà excédés de s'entendre faire de tels reproches; cependant, si vous pensez que je l'aye, fouillez-moi, visitez mes poches.

LE VOYAGEUR.

Cela ne me convient pas; d'ailleurs on ne porte pas tout dans ses poches.

MARTIN.

Pour vous convaincre que je suis un honnête homme, je veux vous les tourner & retourner; (*à part.*) ce seroit bien le diable si elle alloit s'y retrouver.

LE VOYAGEUR.

Oh! ne prenez pas tant de peine.

MARTIN.

Non, non : il faut que vous voyiez; que vous soyiez convaincu. (*il tourne sa poche.*) Eh bien, y a-t-il là une tabatière? Des mies de pain, & c'est tout. (*il en retourne une autre.*) Ici, rien non plus que quelques feuilles de l'almanach des muses; j'aime les vers, moi. Voici la troisième. (*en tournant celle-ci, deux fortes barbes postiches tombent à terre.*) Qui diantre tombe là? (*il veut les ramasser bien vite, mais le Voyageur le prévient & en ramasse une.*)

LE VOYAGEUR.

Qu'est-ce que cela signifie ?

MARTIN.

(*A part.*) Mille diables ! Je croyois avoir jeté cette saloperie il y a long-temps.

LE VOYAGEUR.

N'est-ce pas une barbe? (*il la met à son menton.*) N'ai-je pas ainsi l'air d'un juif?

MARTIN.

Donnez, donnez ; qui sait ce que vous pensez encore? Elle me sert à effrayer mon petit garçon, c'est le seul usage que j'en aye fait.

LE VOYAGEUR.

Vous aurez la bonté de me la laisser; je veux aussi l'employer à effrayer quelqu'un.

MARTIN.

Hé, ne plaisantez pas : je veux la ravoir. (*il veut la lui arracher.*)

LE VOYAGEUR.

Allez, ... ou ....

MARTIN.

(*A part.*) A présent je n'ai qu'à voir où la maison a une ouverture. (*haut.*) C'est bon, c'est bon : je le vois, vous êtes venu ici pour mon malheur. Mais le diable m'emporte, je suis un honnête homme, & je voudrois voir celui qui pourroit dire du mal de moi. Faites-y attention, monsieur ; arrive ce qui voudra, je puis faire serment que je n'ai pas fait un mauvais usage de cette barbe. (*il sort.*)

SCÈNE XVIII.

LE VOYAGEUR *seul.*

Cet homme me conduit, de soupçons en soupçons, jusqu'à d'étranges conjectures ! je suis bien trompé s'il n'est pas un de ces coquins masqués ? ... Mais allons doucement sur des conjectures.

SCÈNE XIX.

LE BARON, LE VOYAGEUR.

LE VOYAGEUR.

Croiriez-vous que dans la mêlée d'hier au soir, j'eusse arraché à l'un de vos voleurs sa barbe rousse ? (*il lui montre la barbe postiche.*)

LE BARON.

Les scélérats ! Mais pourquoi m'avez-vous quitté si vîte au jardin ?

LE VOYAGEUR.

Excusez mon impolitesse, j'allois y retourner ; j'étois venu chercher ma tabatière, que je crois avoir perdue en cet endroit.

LE BARON.

Vous auriez perdu quelque chose chez moi! vous me faites la plus grande peine.

LE VOYAGEUR.

La perte n'est pas bien grande.... Mais, monsieur, regardez, je vous prie, cette terrible barbe.

LE BARON.

Vous me l'avez déjà montrée : il faut que vous ayez quelque raison pour me la montrer encore.

LE VOYAGEUR.

Je vais me faire entendre plus clairement. Je crois.... (*à part.*) non.... Etouffons nos soupçons.

LE BARON.

Vos soupçons! De grace, expliquez-vous, monsieur.

LE VOYAGEUR.

Non..... Je pourrois me tromper.

LE BARON.

Vous m'inquiétez : parlez, je vous en conjure.

LE VOYAGEUR.

Que pensez-vous de votre receveur?

LE BARON.

Non, non : de grâce ne changeons point de discours. Je vous conjure par vos propres bienfaits de me découvrir ce que vous croyez, ce que vous présumez ; en quoi & sur qui vous craindriez de vous tromper?

LE VOYAGEUR.

Eh bien ! répondez à ma question sur votre receveur.

LE BARON.

Ce que je pense de mon receveur ? je le regarde comme un homme honnête autant que loyal, & je ne vois pas le rapport. . . . ,

LE VOYAGEUR.

Dans ce cas, oubliez que j'aye voulu dire quelque chose.

LE BARON.

Une barbe, des soupçons, mon receveur ! comment accorder toutes ces choses ? Ma prière ne peut donc rien sur vous ? Eh ! quand vous vous seriez trompé, où est le danger, monsieur, de vous expliquer avec moi ?

LE VOYAGEUR.

Vous m'y forcez enfin : je vous dirai donc, monsieur, que votre receveur vient de laisser tomber cette barbe de l'une de ses poches, en les retournant avec affectation pour me convaincre que ma tabatière n'y étoit pas. Cette barbe étoit accompagnée d'une autre qu'il a ramassée & resserrée bien promptement. Ses discours étoient ceux d'un homme moins touché qu'effrayé du mal que l'on pense de lui ; sa physionomie & sa contenance décéloient des craintes très - propres à le faire soupçonner d'avoir fait quelque mauvais coup. A l'égard de ma tabatière, quoiqu'elle ne se soit pas trouvée dans ses poches, je l'ai surpris, ce matin, faisant autour des miennes certains tours d'escamotage, accompagnés de propos, qui, maintenant que j'y pense, me le rendent très-suspect.

LE BARON.

Il semble que mes yeux se dessillent; vos soupçons ne sont que trop fondés : & vous hésitiez à me les communiquer! je vais à l'instant mettre tout en usage pour découvrir la vérité. Seroit-il possible que ma propre maison renfermât mes assassins?

LE VOYAGEUR.

Vous ne m'en voudrez pas, monsieur, si, comme je le souhaite, mes soupçons se trouvent sans fondement; vous m'en avez arraché l'aveu, sans cela je les aurois étouffés très-certainement.

LE BARON.

Qu'ils soient fondés ou non, je vous serai toujours fort obligé de votre complaisance. (*il sort.*)

SCÈNE XX

LE VOYAGEUR *seul.*

POURVU qu'il ne précipite rien; car, quelques fortes que soient les apparences, il se pourroit encore que le receveur fût innocent. . . . Je suis tout troublé. . . . En vérité, ce n'est pas peu de chose que d'inspirer de la méfiance à un maître contre ses domestiques; car, quand même il les trouveroit innocens, sa confiance en eux est toujours altérée...

Je crois, maintenant, plus j'y songe, que j'aurois dû me taire. Ne me supposera-t-on pas des vues intéressées, ou quelque desir de vengeance, lorsque l'on saura que la perte de ma boîte est la cause première de tout ceci? Je donnerois beaucoup, si je pouvois encore prévenir cette enquête.

SCÈNE XXI.

CHRÉTIEN, LE VOYAGEUR.

CHRÉTIEN *arrive en riant.*

HA, ha, ha!... Savez-vous, monsieur, qui vous êtes?

LE VOYAGEUR.

Savez-vous que vous êtes un sot? Que me voulez-vous?

CHRÉTIEN.

Bon, puisque vous ne le savez pas, je vais vous l'apprendre. Vous êtes un homme de condition, vous venez d'Hollande; vous y avez eu une affaire d'honneur; vous vous y êtes battu; & vous avez eu le bonheur de tuer votre adversaire. Les parens du mort vous ont vivement poursuivi; vous avez pris la fuite; & moi, monsieur, j'ai l'honneur de vous accompagner dans cette fuite.

LE VOYAGEUR.

Rêvez-vous, ou si vous êtes fou?

CHRÉTIEN.

Ni l'un, ni l'autre : car pour un fou mes paroles feroient trop fenfées, & trop folles pour un rêveur.

LE VOYAGEUR.

Qui vous infpire donc ces fottifes ?

CHRÉTIEN.

Grand-merci pour l'infpiré. Mais convenez, monfieur, que tout cela eft délicieufement bien imaginé. Dans le peu de temps qu'on m'a laiffé pour arranger cette menterie, il étoit difficile de la mieux tourner. Enfin, vaille que vaille, vous voilà débarraffé de toute importunité ultérieure.

LE VOYAGEUR.

Que fignifie tout ce bavardage ?

CHRÉTIEN.

Tout ce qu'il vous plaira, laiffez-moi le foin du refte ; écoutez feulement, monfieur, comment cela s'eft fait. On m'a queftionné fur vos nom, furnom, qualité, patrie & occupations. Je me fuis fait prier long-temps ; j'ai d'abord dit ce que j'en favois, c'eft-à-dire, que je n'en favois rien. On n'a pas voulu croire cette vérité, & cela n'étoit pas tout à fait déraifonnable ; il en faut convenir. On m'a perfécuté, preffé, le tout en vain ; je fuis refté fourd & muet ; mais un bijou de prix qu'on a fait briller à mes foibles yeux m'a délié la langue, ou plutôt m'a ouvert l'imagination. On ne vouloit point abfolument me croire lorfque je difois la vérité, j'ai imaginé ce menfonge & on l'a cru ; eft-ce ma faute à moi ?

LE VOYAGEUR.

Coquin ! je ſuis en bonnes mains, à ce que je vois.

CHRÉTIEN.

S'il n'y a rien de vrai dans ma fiction, au moins ne fait-elle ni tort ni injure à perſonne.

LE VOYAGEUR.

Infame menteur ! vous me jettez dans un embarras, . . . d'où. . . .

CHRÉTIEN.

D'où vous pourrez ſortir ſur le champ, & qui ne vaut pas les gracieuſes épithètes dont vous aſſaiſonnez vos reproches.

LE VOYAGEUR.

Vous m'obligez, par-là, de me faire connoître.

CHRÉTIEN.

Eh ! tant mieux, je profiterai de la circonſtance: pour ſavoir à qui j'ai l'honneur d'appartenir. Jugez vous-même, monſieur, ſi je devois me faire un grand cas de conſcience d'un petit menſonge innocent, qui m'a valu, ... (*il tire la boîte.*) regardez cette boîte. Pouvois-je la gagner à meilleur marché ?

LE VOYAGEUR.

Montrez-la moi. (*il la prend.*) Que vois-je !

CHRÉTIEN.

Ha, ha, ha : je ſavois bien que vous ne me trouveriez plus ſi coupable en voyant ce bijou. De bonne foi, monſieur, ne mentiriez-vous pas auſſi un petit, pour en gagner un pareil. . . .

LE VOYAGEUR.

Coquin, vous avez volé cette boîte.

CHRÉTIEN.

Comment ! monſieur — ? Volé.....

LE VOYAGEUR.

Cette tabatière eſt à moi..... J'étois peu touché de ſa perte ; mais je ſuis déſolé de l'affreux ſoupçon que j'ai formé contre un homme innocent. . . . . . Et vous êtes aſſez hardi pour me ſoutenir que cette boîte vous a été donnée en préſent ? Allez. . . . . . Sortez de ma préſence.

CHRÉTIEN.

Rêvez-vous, monſieur ? Le reſpect m'empêche d'employer un autre terme. La cupidité cependant ne peut pas vous porter à pareille extravagance. Cette boîte peut être à vous ; mais ſi je vous l'avois volée, je ſerois un grand benêt d'en faire parade à vos yeux.... Heureuſement voici Liſette qui m'aidera à vous détromper.

SCÈNE XXII.

LISETTE, LE VOYAGEUR, CHRÉTIEN.

LISETTE.

Oh ! mon cher monſieur, quel trouble affreux vous excitez chez nous ! Que vous a donc fait notre receveur ? Vous avez rendu notre maître furieux contre lui ; on parle de barbes, de boîtes, de vol ; le receveur pleure, proteste qu'il est innocent, & que vous n'avez pas dit la vérité. Monsieur le Baron ne peut être appaisé ; il vient d'envoyer à l'instant chercher la justice, pour faire mettre le receveur aux fers. Que veut donc dire tout cela ?

CHRÉTIEN.

Oh, ce n'est pas là tout ; écoutez aussi ce dont Monsieur m'accuse.

LE VOYAGEUR.

Oui vraiment, ma chère Lisette, je me suis livré à une cruelle prévention. Le receveur est innocent ; ce malheureux domestique m'a seul plongé dans cet affreux embarras. C'est lui qui m'a volé ma boîte, & qui m'a fait soupçonner le receveur ; la barbe postiche pouvoit n'être, en effet, qu'un jouet d'enfant, ainsi qu'il me l'a dit ... Je vais, je vole pour lui faire réparation ; ... je veux avouer mon erreur, je veux lui donner en dédommagement tout ce qu'il demandera.

CHRÉTIEN.

Non, non. Restez, monsieur, il faut commencer par moi ... mais parlez donc, mademoiselle Lisette, & dites comment la chose s'est faite. Dois-je passer pour un voleur, parce que vous m'avez donné une boîte ?

LISETTE.

Vraiment non. Je vous l'ai donnée, & elle est bien à vous...

LE VOYAGEUR.

Il ne m'en a donc point imposé ? vous lui avez donné cette boîte? mais elle est à moi, & ce matin encore....

LISETTE.

Elle est à vous, monsieur? c'est ce que j'ignorois parfaitement.

LE VOYAGEUR.

Vous l'avez donc trouvée, mademoiselle Lisette? & mon étourderie seule cause tous ces embarras. (*à Chrétien.*) Je t'ai aussi offensé, pardonne-moi, je rougis de ma cruelle précipitation.

LISETTE.

Je commence à débrouiller tout ceci.

LE VOYAGEUR.

Allons, il faut tout réparer, venez.

SCÈNE XXIII.

LE BARON, LE VOYAGEUR, LISETTE, CHRÉTIEN.

LE BARON *arrive précipitamment.*

LISETTE, rendez à l'instant à monsieur la boîte que le receveur vous a donnée, tout est découvert; il a tout avoué. Comment n'as-tu pas rougi d'accepter ce présent d'un pareil garnement! où est-elle, cette boîte?

LE VOYAGEUR.

Je ne m'étois donc pas trompé ?

LISETTE.

Il y a long-temps qu'elle est rendue. Pour moi, j'ai cru qu'un homme qui avoit l'honneur de vous appartenir, pouvoit me faire un présent ; & je ne connoissois pas mieux que vous, Monsieur, ce donneur de tabatières.

CHRÉTIEN.

Allons, voilà mon présent au diable. Ce qui vient du fifre, retourne au tambour.

LE BARON.

Trop précieux ami ! Vous qui, deux fois dans le même jour, m'avez sauvé des plus grands dangers : comment pourrai-je reconnoître de pareils services ? Je vous dois la vie ; jamais sans vous je n'eusse découvert des pièges si voisins de moi. Mon Bailli, que je croyois le plus honnête de mes serviteurs, est son complice. Jamais je n'eusse démêlé une pareille intrigue ; & si vous fussiez parti aujourd'hui . . .

LE VOYAGEUR.

Il est vrai, sans les sages mesures que vous venez de prendre, l'aventure d'hier n'eût point été éclaircie ; & je serois parti, avec le regret de ne vous avoir rendu qu'un service imparfait, puisqu'après vous avoir heureusement secouru, il auroit pu vous rester des inquiétudes dont vous voilà délivré.

LE BARON.

J'admire votre rare humanité, & votre générosité sans exemple. Ah ! que ne donnerois-je pas, pour que le rapport de Lisette fût véritable !

SCÈNE XXIV.

LA FREULE, les précédens.

LISETTE.

POURQUOI ce rapport ne seroit-il pas vrai ? Je vous répète qu'il est gentilhomme, & qu'en ce moment il est malheureux & persécuté.

LE BARON.

Viens, ma fille, joins ta prière à la mienne, offre à mon libérateur ta main & ma fortune ; ma reconnoissance ne peut lui offrir rien de plus précieux que toi. Ne soyez pas étonné que je vous fasse une pareille proposition. Votre domestique nous a découvert votre état & vos aventures ; ne m'enlevez pas l'inestimable bonheur de m'acquitter envers vous. Ma fortune est considérable & ma naissance répond à la vôtre. Ici vous êtes à l'abri de vos persécuteurs, & vous vivrez avec des amis qui vous adoreront. Mais vous devenez rêveur ! que dois-je penser ?

LA FREULE.

Craindriez-vous par hazard de ne pas me plaire ? Oh, je vous assure que j'obéirai à mon papa avec grand plaisir.

LE VOYAGEUR.

Votre magnanimité me ravit ; la magnificence de vos offres me fait ſentir combien votre reconnoiſſance ſurpaſſe le ſervice que je vous ai rendu ; mais que dois-je vous répondre ? mon domeſtique n'a pas dit la vérité, & moi....

LE BARON.

Plût au ciel que votre état fût moindre que le mien, ma gratitude en acquerroit un plus grand prix ; & vous ſeriez peut-être un peu moins éloigné de vous rendre à ma prière.

LE VOYAGEUR.

(*à part.*) Je ne puis me diſpenſer de me faire connoître,....(*haut.*) Monſieur, la nobleſſe de votre procédé me pénètre l'ame, mais le ſort n'a pas voulu que votre offre pût m'être utile. Je ſuis....

LE BARON.

Marié ?

LE VOYAGEUR.

Non.

LE BARON.

Eh quoi ?

LE VOYAGEUR.

Je ſuis juif.

LE BARON.

Il eſt juif ! Fatal contre-temps !

CHRÉTIEN.

CHRÉTIEN.

Il est Juif!

LISETTE.

Il est juif!

LA FREULE.

Eh! qu'est-ce que cela fait?

LISETTE.

Chut, Freule, chut! On vous dira tantôt ce que cela fait.

LE BARON.

Il y a donc des cas où le ciel lui-même nous empêche d'être reconnoissans!

LE VOYAGEUR.

Vous l'êtes suffisamment, par cela même que vous craignez de ne pas l'être assez.

LE BARON.

Au moins veux-je faire autant que le sort me permet. Acceptez ma fortune, j'aime mieux être pauvre & reconnoissant, que de vivre riche & ingrat.

LE VOYAGEUR.

Cette offre est superflue, car le Dieu de mes pères m'a donné plus qu'il ne me faut. Pour toute récompense, je ne desire autre chose de vous, monsieur, si non que vous parliez désormais de ma nation en termes plus mesurés. Je ne me suis pas caché de vous à cause de ma religion; mais en remarquant que vous aviez autant d'inclination pour moi en particulier, que vous aviez d'aversion pour mes ſemblables, j'ai cru digne de vous & de moi de me ſervir de l'amitié que j'avois le bonheur de vous inſpirer, pour détruire dans l'eſprit d'un homme tel que vous, des préjugés trop injuſtement établis contre ma nation.

LE BARON.

Je rougis de mon procédé.

CHRÉTIEN.

Comment, monſieur, vous n'êtes qu'un juif, & vous avez eu la témérité de prendre un honnête chrétien à votre ſervice? C'eſt moi que vous auriez dû ſervir ſuivant le texte de la bible. Million d'étoiles, vous avez offenſé en moi toute la chrétienté. Ah, c'eſt donc pour cela que, pendant tout le voyage, monſieur n'a pas voulu manger du porc, & qu'il faiſoit mille ſingeries auxquelles je ne concevois rien. Ne croyez pas que je vous ſerve plus long-temps, bien loin de cela, je vais porter ma plainte en juſtice.

LE VOYAGEUR.

Je ne ſaurois exiger que vous penſiez mieux que le reſte de la populace. Je veux bien ne pas vous rappeller de quel état de détreſſe je vous ai tiré à Hambourg. Je ne vous forcerai pas de reſter plus long-temps avec moi; cependant comme je ſuis paſſablement content de vos ſervices, & que je vous ai d'ailleurs fauſſement ſoupçonné, prenez cette boîte pour réparation de l'injure que je vous ai faite. Voici vos gages. (*il lui donne une bourſe.*) Maintenant vous irez où vous voudrez.

CHRÉTIEN.

Non, parbleu, non. Il y a donc des juifs qui ne font pas juifs ! Vous êtes un honnête homme, je ne vous quitterai jamais. Il faut en convenir, il y a tel chrétien qui, en pareille occasion, m'eût cassé bras & jambes, & qui certes ne m'eût donné ni tabatière, ni pistoles !

LE BARON.

Tout ce que je vois de vous, monsieur, me ravit d'admiration. Venez, nous prendrons des mesures pour que les coupables soient punis. Oh, combien les juifs seroient estimables, si tous vous ressembloient !

LE VOYAGEUR.

Et combien le seroient les chrétiens, s'ils étoient tous aussi justes & aussi généreux que vous, monsieur ! (*le Baron, la Freule & le Voyageur sortent.*)

SCÈNE XXV & dernière.

LISETTE, CHRÉTIEN.

LISETTE.

Ainsi vous m'aviez donc menti, mon bon monsieur Chrétien.

CHRÉTIEN.

Oui, ma bonne mademoiselle Lisette, & cela pour deux raisons ; 1°. parce que je ne savois pas la vérité ; 2°. parce que pour une tabatière qu'il faut rendre, on ne sauroit dire grande vérité.

LISETTE.

Vous ne ferez pas mal, en effet, de suivre votre nouvelle destinée ; vous avez des dispositions : vous savez déjà mentir passablement, aussi n'êtes-vous encore qu'un demi-juif ; mais bientôt vous serez aussi adroit de la main que de la langue : & alors...

CHRÉTIEN.

Halte-là : si l'exemple de mon maître ne vous a pas guérie de vos préventions, j'en conclus que vous êtes incurable... Mais tenez, sans rancune, car il n'est pas bien sûr que vous pensiez tout ce que vous dites. Nous avons deux maladies, vous celle de parler & moi celle de boire, qui sont encore plus incurables, je crois, que nos préjugés. (*il la prend sous le bras & ils sortent.*)

FIN.

APPROBATION.

J'AI lu, par ordre de Monseigneur le Garde des Sceaux, une Comédie traduite de l'Allemand, intitulée *les Juifs*, & n'y ai rien trouvé qui doive en empêcher l'impression. A Paris, ce 29 Juin 1781.

Signé, GUIDI.

www.ingramcontent.com/pod-product-compliance
Ingram Content Group UK Ltd.
Pitfield, Milton Keynes, MK11 3LW, UK
UKHW021147230726
13926UKWH00002B/984

9 782014 445947